AF176482

1

Ruth Stein

Joseph

Meinem Vater Roman

Inhalt

Joseph

I

Der Wagen mit dem slawischen Kennzeichen stand leicht abseits von der rechten Fahrbahn, auf dem dürren Gras neben dem Strassenrand. Von weitem sah man nichts Auffälliges. Dann kam die Polizei.

Als die Leute die Sirenen hörten blieben sie stehen und rasch formierte sich ein ansehnlicher Haufen Schaulustiger direkt am Tatort und die etwas weniger Neugierigen sammelten sich auf der grünen Wiese gegenüber. Selbstverständlich wollten alle Diskretion, aber wo bliebe da die Nächstenliebe, wenn uns die vom Unglück Betroffenen nichts angingen?

Man redete Dies und Das und manche sagten, dass so ein Fall, der sich immerhin auf einer öffentlichen Strasse abspielte, der Bremerhavener Polizei schon seit längerem bekannt gewesen sein dürfte. Die junge Frau mit den meerblauen Augen, die im Hintergrund stand, bei den hohen Büschen, hätte etwas dazu sagen können. Hätte.

Schliesslich lief das Ereignis ab, wie es üblicherweise abläuft. Beamte in Schusswesten schlichen mehr oder weniger nahe an das Objekt, einer klopfte ans Wagenfenster, ein anderer öffnete die Wagentür und dann flutschte der bleiche Körper langsam, ganz langsam auf den Boden.

Jene in den vordersten Reihen - die Polizei hatte sämtliche Zuschauenden auf die grüne Wiese zurück gedrängt - sahen nicht nur den toten Körper, sie sahen auch, wie Gesicht und Doppelkinn totenbleich glänzten und wie aus dem vom Kragen bis zum Bauch aufgerissenen Hemd nach und nach mehrere Wulste langsam, ganz langsam zu Boden sackten. Und dass am Bauch immer mehr Blut zum Vorschein kam und dass sich sonst nichts tat. Der Tote verhielt sich leblos und ohne Weiteres.

Dann kam einer der Beamten und brachte das weisse Tuch, das sie zu zweit über den Leichnam zogen und schon war das Aufregendste mehr oder weniger dahin. Auch die Frau mit den meerblauen Augen war nicht mehr zu sehen.

Eigentlich wollten die Leute gehen, aber dann fuhr ein mit orangen Zeichen bemalter Wagen auf und zwei in leuchtendes Orange gekleidete Samariter stürzten hinaus. Während sie in leicht gebückter Haltung nach dem vermeintlichen Patienten sahen, klammerten sie sich an den Trägern ihrer übergrossen Rucksäcke aus wattiertem Plastik. Dann zog der eine - vermutlich der Verantwortliche - sein Handy.

Unter den Zuschauenden kam Bewegung auf. Mehrere kamen dazu, wenige entfernten sich. Nachdem der schwarze Wagen mit den weissen Vorhängen aus Tüll eingetroffen war, stellte jemand dunkelgraue Blenden auf, damit man nicht sehen konnte, wie sie den Toten in den Sarg legten. Dann schoben sie ihn, vermutlich zu zweit, in den Wagen. Etwas später fuhren sie weg und ausser einer Lache aus frischem Blut gab es wirklich nichts mehr zu sehen. Auch der tote, vermutlich ein Slawe, verschwand aus den vielen Köpfen, wenn bei den meisten auch nur vorübergehend.

II

Joseph dachte, es wäre wohl besser, erst einmal ruhig zu bleiben und über das nachzudenken, was sich gerade eben zugetragen hatte. Nachdenken? Worüber denn? Über das Lager, auf welches ihn Jemand gesetzt hatte, über das unangenehme finstere Gemäuer ohne frische Luft? Ohne Tageslicht? Über sein fremdes Aussehen?

Joseph wollte sich vorsichtig betasten, er fühlte sich klein und schäbig und hässlich. Zudem hatte er tief im Innern eine gewisse Angst, da er nicht wusste, wo genau er war und ob es ihm überhaupt erlaubt sei, den Kopf zu drehen oder sich gar zu rühren.

In dieser Schwärze, in die alles um ihn herum gehalten war, mochte ja ohnehin keiner was sehen und schliesslich fragte er sich, ob er etwa in eine Art intensive Ruhe gefallen war, oder in eine besondere Art Starre, die ihn nur noch nicht ganz ergriffen hatte.

Als sich nach einer Weile noch immer nichts tat, versuchte Joseph, durch Hüsteln auf sich aufmerksam zu machen und als sich noch immer nichts tat, versuchte er irgendwo Umrisse von anderen Menschen oder allenfalls von Gegenständen zu erkennen. Ganz vorsichtig.

Oh Gott, dachte er, jemand müsste doch da sein, wenn auch nur die schwarze hässliche Gestalt, die mich gerade eben mit deutlichen Handzeichen zu sich gelockt hatte.

Bald schon war er dabei zu resignieren, Joseph fühlte sich kraftlos und leer. Aber schon nach einer Weile erstarkte er, als sich sein Kopf, der nicht am gewohnten Ort zu sein schien, finden liess. Joseph war erleichtert als er ihn spürte, er war zwar etwas mitgenommen, aber immerhin. Hatte sich der Blondschopf einen Spass erlauben wollen? Vielleicht war es ihm auch angenehm, sich für ein paar Augenblicke über die Brust zu hängen. Vielleicht.

Leise, ganz leise und von weit her vernahm Joseph auf einmal Musik, er glaubte, es könnten Takte von Beethoven gewesen sein, beispielsweise. So leise, wie die Melodien auch waren, sie verflüchtigten sich schnell und was davon blieb, hing sich eine Weile in seinen Gedanken fest. Es schien ihm, als wollte ihm jemand eine Brücke schlagen, die ihm über die Ungewissheit hinweg half. Joseph reckte sich vorsichtig und rückte sich etwas zurecht.

«Ja! Es ist eine verrückte Sache, über die es sich lohnt, nachzudenken», seufzte er leise. Joseph spürte zwar noch immer eine gewisse Trostlosigkeit, doch seit Beethoven fasste er leise Hoffnung.

Schliesslich sagte er kaum hörbar und ohne die Lippen auch nur eine Spur zu bewegen: «Joseph, um hier wegzukommen gibt es nur einen Weg und das ist die Flucht.»

Die Sache müsste auf Anhieb gelingen, dachte er, sie müsste klar sein und schnell gehen und ich dürfte mir auf keinen Fall auch nur den geringsten Fehler erlauben.

Während er redete, schaute er sich um und flüsterte: «Und? Wie kann ich wissen, was in den haushohen Fluchten und Wänden und in den Erhebungen verborgen ist? Gibt es Fussfallen aus Lehm? Gibt es Löcher, die sich bei Berührung auftun? Oder in den Wällen? Ich muss mit allem rechnen»

Bei genauerem Hinsehen zeigte sich ihm sein Lager in der Mitte einer Gruft, die sogar ein Mittelpunkt von schier unendlich vielen Gängen zu sein schien. Für meine Flucht könnte das hilfreich sein, dachte er, und da sich seine Augen an die Dunkelheit gewöhnt hatten gelang es ihm, diese und jene Umrisse, diese und jene Unebenheiten an den Wänden und an den Decken wahrzunehmen.

Es waren feinste Rinnen, mysteriöse dunkle Einfärbungen, Beulen und Senken. Was Joseph auch sah, es füllte ihn mit Ehrfurcht. Manches zeigte sich dick und breit und aufgeblasen, Anderes schmal und fein. Joseph fand mehr und mehr Gefallen an der Unendlichkeit der Gebilde und stellte sich die Frage, was wohl in den helleren und in den sehr dunklen, tiefen Furchen hinterlegt worden war.

Wo ein Eingang ist, da gibt es auch einen Ausgang, etwas Anderes gibt es nicht kam ihm in den Sinn. Joseph quälte sich, ja er war besessen von der Freiheit, die irgendwo auf ihn wartete. Die Freiheit zerrte an ihm mit gemeiner Wucht! Sie sollte ihn nie mehr los lassen.

Joseph lächelte leise. Auf keinen Fall, auf gar keinen Fall wollte er sich seine Gedanken anmerken lassen. Zur reinen Vorsicht. Auch musste er mit einbeziehen, dass ihn oben und unten und da und dort tausend Augen sehen könnten. Wohlverstanden, dachte er, hier geht es nicht um einen Spass, hier geht es um meine Flucht! Und gerade diese Augen, diese verfluchten Augen könnten mir die Flucht verderben. Selbstverständlich wären sie verantwortlich, aber das würde mir letzten Endes wohl wenig nützen. Zum Teufel mit diesen verfluchten Augen!

Ein unbemerktes Entkommen, so dachte er weiter, könnte ihm sowieso nur gelingen, wenn er sich zuvor einen hundertprozentig dichten Fluchtplan zurecht gelegt haben würde. Aber da war noch ein Problem! Die Finsternis! Nun, die wäre ganz bestimmt auch sein grösstes Plus. Und sie und nur sie würde auf jeden Fall die entscheidende Rolle spielen. Joseph wiegelte ab und kam zum Schluss, dass das Risiko kalkulierbar wäre und er es unbedingt eingehen wolle und dass er zu Hundertprozent bereit wäre dazu. Und - wenn es denn sein müsste - würde er sich sogar auf den nackten Boden legen und nach zum Eingang suchen.

«Der verdammte Eingang, der Eingang, in welcher Ecke ist er, dieser jämmerliche Eingang? Ach, der lässt sich schon finden, erst muss ich mal weg kommen von hier...!»

«Scheisse...!»

«Verflucht sei alles, was mir lieb und teuer ist! Verdammt nochmal...»

«Ich - ich kann mich nicht bewegen!»

«Aufstehen?»

«Weggehen?»

«Wie denn...?»

«Wie denn...?»

«Mein Gott - ich bin ganz und gar unbeweglich! Unbeweglich! Wie angenagelt! Oder bilde ich mir das nur ein?»

«Hatte mich wirklich jemand auf mein Lager genagelt? Eine Frechheit wäre das! Kaum zu glauben! So was freches...!»

«Weg gehen, fliehen, schön und gut! Wenn ich das nur könnte!», rief er laut und voller Zorn und versuchte dabei, nach seinem Lager zu greifen, es zu ziehen und zu zerren oder mindestens heftig an ihm zu rütteln.

Schliesslich wurde es ihm zu bunt und nach einer Weile fragte er sich, ob da nicht noch etwas Anderes mitspielen könnte. Was ist mit dieser absoluten Stille? Angenommen, die Stille könnte mich hier festhalten, könnte sie mich unbeweglich machen? Die absolute reine Stille, die so plötzlich und allmächtig über das Geschehen hereingebrochen war? Von Anfang an, seit ich hier unten bin ist dieser Stille da, verdammt nochmal.

Dann fragte sich Joseph, ob es möglich sei, ob ein einzelner Mensch überhaupt im Stande wäre, diese aufdringliche Stille zu brechen? Habe ich es nicht schon getan? Mit meinem Gefluche und Gejammere? Vielleicht habe ich mir auch nur vorgestellt, dass es so und so sein könnte. Na und? Möglicherweise hat mich ja keiner gehört. Wer sollte mich denn hören, wenn keiner da ist?

Die Verzweiflung dauerte an und auf einmal fasste Joseph Mut, er wollte sich von all den üblen Gedanken lösen, die ihn nur ablenkten. So riss er sich zusammen und sagte sich: Wenn ich tatsächlich allein bin spielt es keine Rolle, wenn außer mir noch jemand da ist, dann soll er es hören und zwar laut und deutlich. Punkt.

Erst holte er tief Luft, dann schrie er, so laut er nur konnte: «Ich bin es - ich - der Joseph! Ich will euch die unheilvolle Stille brechen! Hört nur mal her - alle zusammen - ja, ich bin es, ich bin der Joseph und merkt euch das gut! Ich will euch die unheilvolle Stille brechen! Und zudem bin ich aus lauter Unwissenheit diesem komischen Mönch gerade eben tüchtig auf den Leim gegangen…»

Nichts geschah.

Joseph blieb nichts Anderes übrig, als erst einmal zu warten. Als er sich beruhigt hatte, kam er zur Einsicht, dass die Stille wohl das zu sein schien, worüber gewisse Leute geredet hatten, damals und worüber doch keiner so recht etwas Genaues wusste. Und er kam zum Schluss, dass die Stille selbst jetzt für ihn ein grosses Rätsel war.

Nach einer Weile flüsterte er: «Ich will weiter leben, ich will unerkannt fliehen, muss schauen, wie ich von hier nach Draussen komme…»

Dann ging ihm ein Licht auf und er dachte, dass ihm vielleicht, von einer ganz anderen Seite her, jemand helfen könnte. Wer weiss das schon! Am Eingang stand doch auch dieser Mönch. Ungerufen! Und erst noch in einer bodenlangen schwarzen Kutte und einer Kapuze, die ihm jemand tief ins Gesicht gezogen haben musste. Vielleicht könnte ihm ja gerade dieser Typ weiter helfen?

«Was ist denn das?», hörte sich Joseph auf einmal.

Wie aus dem Nichts fing sein Lager an zu zittern, wie von tausend Händen getrieben, erst ganz, ganz langsam, dann schnell und schneller, dann wippte es nach der einen, bald nach der anderen Seite, bis es sich wieder beruhigte und zum Stillstand kam.

«Joseph, Du brauchst keine Angst zu haben, es ist deine eigene, deine dir eigene Energie! Wenn sie gross genug ist, ist sie im Stande, ganze Gebäude erbeben zu lassen. Und nicht nur das.»

«Der Mönch! Sind Sie es wirklich? Der Mönch, der mich hier eingelassen hat?», rief Joseph erleichtert.

«Joseph, Joseph, ich bin immer für dich da, ich lasse dich nicht aus den Augen.»

«Gottseidank!», flüsterte Joseph und dachte, nun könne doch noch alles gut werden.

Als er versuchte, seinen Kopf zu bewegen, nach allen Seiten hin, war er erstaunt, wie einfach das ging. Auch sein Augenlicht hatte sich verändert, es wurde schärfer, sehender. Ansonsten blieb alles ruhig, nur ein einziges Mal hörte er sich leise aufschreien, als er das Gefühl hatte, das Gewölbe hebe und senke und drehe sich erneut.

Gut so, dachte Joseph, das ist alles meine Energie…

Totenstille.

«Mein lieber Mönch, mein lieber Bruder!», rief Joseph ins Dunkle. Und dann rief er nochmals nach ihm und nochmals.

Als alles Rufen nichts nützte, griff er zu einer List: «Kutte, ich wusste es doch, hier unten riecht es nach Moder! Ganz typisch nach Moder! Ich sage ihnen, ich kenne diesen Geruch...!»

Als dennoch alles ruhig blieb kam es ihm vor, als könne er dies alles nicht mehr länger ertragen und er drängte sich, doch nun endlich nach dem Ausgang zu suchen. Oder mindestens nach einer Zuflucht, um im Ernstfall irgendwohin fliehen zu können.

Vielleicht sollte er den breiteren Gang abtasten oder zum Mittelpunkt eilen und die verschiedenen Gänge absuchen. Nein, dachte Josef, ich weiss ja nicht einmal, wohin die Gänge führen und ob sie jemals irgendwo enden.

«Nein, nein, nein», sagte er leise, «das würde ich nie und nimmer schaffen, dazu bräuchte ich Tage! Und dabei wäre es noch nicht einmal sicher, ob mich meine Beine überhaupt tragen würden.

Joseph war verzweifelt. Er versuchte, sich zu erinnern, wie es gewesen war, als er hinter der Kutte herlief und an nichts Böses dachte. Durch welche Türe waren wir gekommen, fragte er sich. Gab es Probleme? Nein, es war ganz einfach, alles war ganz einfach. Nur, wenn man den Ausgang nicht finden kann, dann hätte es auch keinen Eingang geben dürfen.

Mit offenem Mund, so schien es, sass Joseph da und bemerkte nicht, was um ihn geschah. Er staunte, wie fantastisch sich ihm die Risse zeigten, die breiten und schmalen

Furchen, die erst strahlend leuchteten und dann zu selt-
sam zarten mysteriösen Farbtönen wechselten - je nach
dem.

Joseph mochte sich nicht erinnern, dass er sich jemals so
frei gefühlt hatte. Im Grunde, dachte er, im Grunde
müsste ich nie und nimmer von hier fliehen. Es ist so
schön, seine Gedanken verführen zu lassen von den Or-
namenten, von den in den Himmel wachsenden Fluchten,
von den tausendfachen Verzierungen, die da und dort mit
seltenen Steinen versetzt sind, manchmal sogar mit ed-
len Metallen.

Einmal wollte er seine Arme ausstrecken in der Hoffnung,
dass sich die Gruft doch beim Anfassen nicht zurück ziehen würde. Er wagte es nicht.

Wie lange er in staunender Leere versunken auf seinem
Lager verbracht hatte, vergass er bald. Als die Gedanken
an eine Flucht wieder aufkamen und ihn unruhig machten
und an ihm zerrten, wies er sie von sich und sagte mit
klarer Stimme: «Es wäre gescheiter, es könnte mir jemand sagen, ob ich einem Wunder aufgesessen bin. O-
der ist das hier etwa eine von den Ewigkeiten, die in beinahe jeder Variante angepriesen werden?»

III

Wie ein Blitz kam ihm das Gemurmel der vielstimmigen Gebete in den Sinn, die im Krakower Dom zu hören waren, bevor der grosse kirchliche Akt seinen Anfang nahm.

Die Gruft wurde lebendig, sie rückte näher und Joseph war versucht, gerade in jene Furche zu greifen, die ihm am nächsten lag und die ihn anzuziehen versuchte. Ohne auch nur einen Augenblick zu zögern schob er seine Hände in die feuchte Erde.

Das Licht ging an.

Orgelmusik ertönte, Mädchen in hübschen Kleidern und Blumenkränzen in den Haaren sangen im Chor. Sie schritten andächtig in Reih und Glied und auch die Buben in ihren Sonntagskitteln und halblangen Hosen. An den Seiten standen Nonnen und Brüder und auch sie bewegten ihre Lippen, genau so, wie all die Mütter, Väter, Onkel, Tanten, die auf den bis auf den letzten Platz belegten Bänken sassen. In der Nähe des Allerheiligsten stand der Pfarrer mit seinen Priestern und etwas dahinter die auserwählten Halbwüchsigen in ihren schwarzen Roben und den feierlichen mit weissen Spitzen besetzten Hemden.

Vorne, auf der rechten Seite, standen zwei Buben, jeder hielt einen schwarzen Topf mit qualmendem Weihrauch. Joseph fiel der blonde Junge auf, dem das ruhige Stehen unendlich schwer fiel. Er war ihm sehr bekannt.

«Eminenz, das waren sie», schrie Joseph in die Dunkelheit, «das haben Sie mir eingebrockt...!»
«Eben habe ich gesehen, wie Sie davongeschlichen sind! Mit Absicht, mit Absicht haben Sie das gemacht!»...gemacht... gemacht... gemacht... hallte es aus den Gewölben zurück.

«Joseph, erinnerst Du dich, was damals geschah?», fragte die Kutte, die sich dicht zu ihm gedrängt hatte.

«Das ist ja typisch für Sie!», schrie Joseph weiter» «Erst führen Sie mir das Liebliche, das Süsse, den Zuckerguss vor und dann kommen Sie mir mit diesen blöden Fragen!»

«War es nicht deine persönliche Erinnerung?»

«Vielleicht.»

«Und, wie ist die Geschichte ausgegangen?»

«Ist das wichtig für Sie?»

«Nein, ist es nicht. Vielleicht aber für einen gewissen Joseph.»

Die Kutte blieb eine Weile neben ihm stehen, sie sah, wie sich seine Augenlider in wilden Sprüngen bewegten. Es musste sich um die verbrannten Gesichter der Kinder gehandelt haben, die in ihren angesengten Kleidern umher rannten und um Hilfe schrien.

Als Joseph endlich Ruhe fand, schaute er erst zur Kutte, dann wanderten seine Augen von einer Falte zur andern, verweilten kurz, um langsam wieder ans Ende und an den Anfang zu gelangen.

«Alles gut, Joseph?», fragte die Kutte.

Sein Zorn wuchs und Joseph schrie: «Ich - ich habe Sie erwischt! Sie haben sich dicht hinter mir aufgehalten. Da! Ja - ganz bestimmt, ich habe Ihre Robe sehen können! Sie haben mich getäuscht!»

IV

Nachdem sich Joseph beruhigt hatte, sass er regungslos auf seinem Lager. Er spielte mit dem Gedanken aufzugeben, sich ins Grenzenlose fallen zu lassen. Joseph war zutiefst unsicher und fragte sich, wie das denn gehen sollte und was er gegebenenfalls tun müsste.

Da kam ihm die schwarze Gestalt in den Sinn und er fragte sich weiter, wozu diese eigentlich da sei. Vielleicht ist sie ja gerade dazu da, um in solchen Fällen Tipps auszuteilen. Ja, klar! Sie kennt sich doch hier bestens aus! Und, wenn nicht, hätte sie mindestens eine neue Aufgabe und das wäre auf jeden Fall gescheiter, als alleweil so blöd herumzustehen.

Schliesslich kam Joseph zum Schluss, dass er es doch nicht tun wolle. Die Gruft hielt ihn davon ab. Sie bot ihm gewissermassen ein Heim, eine Bleibe, wo er sich - trotz allem - wohlfühlen konnte. Wer weiss, es könnte ja alles noch viel schlimmer daher kommen. Und schliesslich waren da auch noch die wirren Gedanken an eine Flucht, die an ihm kratzten und ihn möglicherweise durch alle Zeiten hindurch verfolgen könnten. Da wäre ein sicherer Halt nur von Vorteil.

Einmal mehr wurde Joseph unruhig und aufmüpfig. Aber diesmal versuchte er, sich nicht verführen zu lassen, er wollte erst in Ruhe schauen und abwarten. Bald stellte er zufrieden fest, dass im Moment alles nicht so schlimm sei und er sich zumindest schon ein wenig angepasst hatte. Mehr noch, dass er sich nun schon etwas auskenne und sich im Griff habe, wenn auch nur geringfügig.

Auf einmal war er da! Der Aussetzer! Er packte Joseph hart an und warf ihn aus der Ruhe. Joseph liess sich nicht zweimal bitten und auch er holte zum Schlag aus. Er schrie, so laut er konnte: «Sehr geehrte Kutte! Das, was

Sie hier bieten, das ist alles ein verdammter blöder Irrsinn!
Ein verdammter Irrsinn.»

Sein Gepolter liess die Gruft so sehr erzittern, dass sie
sich heftig aufbäumte, um sich umso schneller wieder zu
senken. Schliesslich sackte sie ganz zu Boden und während sie sich wieder erhob, drang sie tiefer in Joseph hinein, ja sie nahm ihn mit, sie nahm ihn ganz in ihren Besitz.

Wie in einem Wunder liess es Joseph mit sich geschehen.
In den Schwingungen fühlte er sich jenseits der Zeit und
jenseits der Wirklichkeit. Erst glaubte er, auf einer Welle
zu reiten, dann wieder hörte er tief in seinem Inneren, wie
sich die Wellen brachen und sich mehr und mehr ausbreiteten.

Das wilde Rauschen tobte weiter. Unaufhörlich. So sehr
er sich auch dagegen wehrte, das Rauschen hörte nicht
auf, es kam nah und näher. Einmal drohten die Wellen,
ihn zuzudecken, dann zogen sie sich zurück, dann kamen
sie wieder. Und jedes Mal, wenn die Flut über ihm zusammen zu brechen drohte, sah Joseph, wie unglaublich tief
das Geschehen seinen Weg gebahnt hatte. Joseph
wusste, dass das Wasser der wilden Draha gehörte. Die
Wellen sogen ihn immer tiefer ein. Sie spritzten hoch und
er sah, wie sie schäumten und wie sie sich an den Pfeilern
der Brücke spalteten, wie sie daran vorbei schossen, wie
sie sich an den Steinblöcken brachen und wild weiter
strömten.

Erst schien es ihm, als würde ein Unsichtbarer seine
Hände in jene Falte drücken, die gerade dicht vor ihm lag.
Joseph machte es ihm nach. Er faltete die Hände willig
und schob sie hinein.

Er fand sich mitten in einem wilden Überlebenskampf.
Schnell wurde ihm klar, dass es sich um die hölzerne Brücke aus seiner Jugendzeit handelte, jene mit einem Kreuz

in der Nische und den vielen gelben Kerzen, jene mit den mächtigen Aufbauten aus rohen Steinen.

Gischt versuchte seinen Mund zu verkleben, doch sie schaffte es nicht. Im wild schäumenden Wasser sah Joseph einen Jungen, der auch ums Überleben kämpfte. Als er Nino erkannte, den Jungen von nebenan, gab er sich nicht die geringste Mühe, ihn zu fassen und als sein Ringen seine Seele kalt liess und spurlos an ihm vorbei ging, spürte er, dass ihm jemand die Hand reichen wollte. Es war die zarte Hand von Carla, die Hand von Nino's Schwester.

«Carla, Carla...!» rief er. «Carla - erkennst Du mich nicht?»

Die Bilder stockten und Carla verschwand.

Joseph atmete tief und drückte sich auf seinem Lager zurecht. Eine ganze Weile sass er stumm und unbeweglich und dann spürte er, wie sich in seinem Innern etwas regte.

«War sie es wirklich, war es wirklich die Carla? Die Carla, die dafür sorgen wollte, dass ich zu einer Seele kam?», flüsterte er.

Auf einmal begriff Joseph die Bilder, eines um das andere zog langsam an ihm vorbei. Ja - so war es - Carla wollte Hoffnung bringen in sein zerstrittenes Leben, Liebe und Zuneigung, Liebe, die aus ihrem Herzen kam. Und auf einmal zeigte sich ihm, wie er das Wunderbare nicht annehmen wollte und wie er beschlossen hatte, Carla für ihre Liebe zu bestrafen.

«Carla!», rief er verzweifelt und versuchte, die Hand auszustrecken.

«Carla - siehst Du mich nicht? Ich sitze hier im Elend.»

«Weiss nicht, wie es weiter geht mir! Bitte erfülle mir diesen einen Wunsch! Lass mich noch einmal, ein einziges Mal, ganz nah sein bei dir! Lass mich noch einmal deine feinen Hände fühlen an meinem Leib! Deine wunderbare Liebe! Zeig mir noch einmal, wie sich das Kostbarste der Welt anfühlt…!»

In seinem Elend gefangen versuchte Joseph aufzustehen und zum Wasser zu eilen. Auch hatte er das Gefühl, jemand würde ihn dazu drängen, doch er schaffte es nicht. Es war nicht mehr, es war ein Wunsch. Und dann erblickte er sie. Die Kutte stand dicht neben ihm.

«Also doch», sagte er leise, «Sie waren das…»

Ohne zu zögern setzte sich die Kutte zu ihm. Joseph ängstigte sich nicht, er fühlte sich verstanden und geborgen und hockte ruhig da. Da bewegte die Kutte einen von ihren Ärmeln und fuhr mit ihm an den nahen Falten hin und zurück, hin und zurück…

Erst war alles etwas verworren und von sehr, sehr weit her kommend, da wurden die Bilder von Moment zu Moment deutlicher und für seine Sinne verständlich. Als Joseph die Stimmen ausmachen konnte fühlte er, wie sie ihn behutsam in die Arme nahmen und wie sie sich um ihn legten und in ihrem Schutze schaute er in die am Hafen gelegene kleine Wohnung.

Er sah, wie die Leute hausten, vier oder fünf und eine Handvoll Kinder. Auf einmal füllte sich die Wohnung mit Leben und Joseph hörte sich flüstern: «Ich weiss schon, dass sie das wilde Rauschen der Draha nicht mehr hören, sie hören es einfach nicht mehr.»

Nachdem er geglaubt hatte, ein leises «Ja» zu hören erkannte er sich als kleinen Buben. Wie er als Blondschopf mit struppigem Haar auf dem bunt bemalten Schaukelpferd wippte und hopp, hopp, hopp rief. Joseph lächelte.

Dann sah er, wie ihn Szymon vom Pferd stiess und wie er sich zur Wehr setzte und alles, was ihm vor die Hände kam, nach seinem Bruder schmiss und wie er vor Zorn errötete und in seiner Wut selbst die Erwachsenen ängstigte.

«Kannst Du was sehen?»

«Ja.»

«Ah - Sie sind noch da, ich dachte schon, Sie wären verschwunden.»

«Sagten Sie nicht, Sie wollten keine Bilder mehr sehen? Stimmt das etwa nicht mehr?», ärgerte sich Joseph.

«Stört es Dich, wenn ich die Bilder anschaue?»

«Ja - schon - weiss nicht, vielleicht, was soll ich sagen...»

«Also», lästerte Joseph, «verwünschen Sie mich, lieber Bruder, nur los, wüten Sie, schreien Sie, hauen Sie auf mich ein, bestrafen Sie mich...!»

Als keine Antwort kam, sank Joseph in sich zusammen und liess es gut sein.

Faszinierend ist diese total verrückte Welt schon, dachte er nach einer Weile und als die Spalte, eine von den breiteren, sich ihm aufdrängte, rief er: «Bruder, Bruder - ich weiss, was kommt, ich kann es nicht sehen! Es ist zu viel! Ich halte es nicht aus!»

«Erlauben Sie mir gescheiter wegzugehen, ich möchte an die frische Luft. Bitte weisen Sie mir den Weg, ich flehe Sie an, weisen Sie mir den Weg zum Ausgang!»

«Joseph, es ist ganz einfach, entspanne dich. Nimm die Ruhe in dich auf und versuche, ein paar Augenblicke milde zu sein mit dir.»

«Wirst sehen, gleich geht es dir besser.»

«Wenigstens ist mein Lager angenehm,» flüsterte Joseph. Dann schob er sich erneut zurecht und lehnte sich an den Bruder.

Etwas später gelang es ihm, die Spalte zu vergessen und seinem Rat zu folgen.

V

Für Joseph war das Aufwachen, wie ein neuer Tag mit neuem Mut. Den Umständen entsprechend fühlte er sich wohl, zudem hatte er sich verboten, Gedanken über seine Person zu machen und vor allem über seine unmögliche Situation. Die Kutte war nicht da und das war irgendwie beruhigend, ja es gefiel ihm sogar. Ist es nicht ein Zeichen, dachte er, dass er nun freie Hand habe und tun und lassen und denken könne, was er wolle?

Nach einer Weile kam in ihm das Gefühl auf, dass er die Kutte doch besser für immer ausschliessen sollte. Wäre es nicht einfacher, sich direkt und ganz persönlich an die Falten zu wenden?

«Ich meine», sagte er leise, «falls ich was Genaueres wissen möchte. Der Bruder, der komische, der gefällt mir nicht, ganz und gar nicht. Der ist alles andere als verlässlich. Er scheint mir ein rein nur auf sich Wesen zu sein. Ja, genau, er ist nur auf sich selbst bezogen!»

Aber die Falten, die zogen ihn an. Beinahe unwiderstehlich. Joseph sah, wie sie um ihn warben, wie sie um ihn herum im Kreise tanzten. Wie sie sich aufblähen und sich bald wieder in Reih und Glied stellten. Manchmal kamen sie ihm ganz nahe, dann wieder verliessen sie ihn unvermittelt. Ihr aufdringliches Tun hatte er schon seit längerem bemerkt - jetzt war die Zeit gekommen. Jetzt hielt er es fast nicht mehr aus, er war drauf und dran, ihrem Drängen nachzugeben.

Sollte er wirklich?

Sollte er nicht?
«Was kann denn schon passieren, schlimmer kann es auch nicht mehr kommen…»

Erst hielt er inne, dann spielte er sich auf. Joseph redete, es tönte fast wie damals - grässlich und so echt, wie in seinem richtigen Leben: «Kommt mal alle her und schaut! Die Falten, die Falten! Seht ihr, wie sie sich aufspielen? Wie lebendig sie sind? Sie sind lebendig, wie das wirkliche Leben! Schaut, wie sie um mich werben! Ja, sie werben um mich und nur um mich! Sie zeigen mich gross, sie zeigen, wie wichtig und einzigartig ich bin! Die Falten, die Falten...»

Als Joseph zur Besinnung kam und wieder Ruhe einkehrte, bemerkte er es wohl, aber er sah es nicht: Seine Hände zitterten. Wie benommen faltete er sie und noch bevor er seine Hände ins Unbekannte schieben konnte, blitzte es in ihm auf und eine Stimme flüsterte:

«Vorsicht! Vorsicht, Joseph! Bist Du sicher, dass das gut kommt? Vielleicht ziehen sich die Bilder zusammen und Du bist verloren? Vielleicht kannst Du das Gesehene nie mehr los werden und die Bilder nehmen Dich gefangen? Du verstrickst mit ihnen? Vielleicht bleibst Du in einer misslichen Situation irgendwo hängen und Du bist für immer verloren...»

«Wenn schon, denn schon...»

Das Licht ging an.

Joseph sah die Sonne strahlen über einem wolkenlosen Himmel, über ausgetrockneten braunen Feldern, in der Ferne ein schaler Wald. Grosses und kleines Steinzeug sass verstreut, ebenso dünne menschliche Gestalten. Manche hatten sich nicht fallen lassen, sie standen aufrecht und jene, die standen, hielten sich aneinander fest und bildeten kleine Grüppchen. Vielleicht hatten sie sich erheben müssen um aufzufallen. Vielleicht waren es auch ganz einfach jene, die man vergessen hatte.

Den Tieren musste es nicht besser ergangen sein. Tote Pferde, Hühner, Hunde, Katzen! Gehäkelte Mützen aus feinstem Garn, bunte Kleiderfetzen, Tücher in leuchtenden Farben bewegten sich im Wind.

«Nein!», rief Joseph entsetzt.

«Was will man mir damit zeigen? Ausgerechnet mir?»

«Nein, das will ich nicht sehen... Kutt...»

Beschämt versuchte Joseph, seine Hände aus der Falte zu ziehen. Es gelang ihm. Bis auf die Fingerkuppen, die sich hartnäckig an der Furche krallten. Joseph dachte, das könne er nun seiner Eigenmacht verdanken, seiner Unzufriedenheit, seiner egoistischen Willenskraft. Nun war er zum Schauen verurteilt, ob er wollte oder nicht.

«Jetzt bewegen Sie sich...»

Tatsächlich bewegten sich die Leute, sie lösten sich aus ihrer Starre, ihre Gesichter kamen näher, ihre Augen zeigten sich gross, immer grösser. Joseph konnte sich nicht verschwinden, er musste ihre Blicke aushalten, von Angesicht zu Angesicht. Die Mädchen und Frauen lächelten ihn an für den Bruchteil einer Sekunde, um danach wieder in ihren Schrecken zu erstarren.

Es musste irgendwo in einem Landstrich gewesen sein, wo jede Achtung vor der Kreatur verloren gegangen war. In einem Land weit, weit weg von der Zeit. So weit weg, dass es einen schon fast nichts mehr anging. Auch Joseph empfand nur einen Augenblick lang einen unglaublich tiefen Schmerz.

Plötzlich tauchte ein bärtiges Gesicht auf, es wurde klar und klarer.

«Wer ist das denn?»

«Grossvater Bartosz!»

«Was tust Du hier?»

Bartosz antwortete nicht und Joseph war sehr enttäuscht. Da fiel ihm auf, dass er als einziger wohlbeleibt war, ja sogar glänzende Pomade trug er im hübsch gekämmten Haar. Etwas konnte nicht stimmen, dachte er. Ist das wirklich mein Grossvater? Unser grosses Vorbild von damals? Ist unser Bartosz nicht immer korrekt und wohl überlegt gewesen?

«Grossvater Bartosz - für dich haben wir alles gegeben in jungen Jahren, und zwar jeder einzelne von uns! Nun sehe ich, dass wir dir ganz schön auf den Leim gekrochen sind. Ich und mit mir all die Jungs und Mädels, auch die Buben und Halbwüchsigen…», rief Joseph und versuchte dabei, wieder und wieder seinen Kopf zu schütteln.

Als Bewegung aufkam, stellte sich Bartosz als erster auf in der Reihe und als einziger mit hoch erhobenen Armen. Die Leiber der Geschundenen erschienen hoffnungslos und leer, Bartosz zeigte sich voller Zuversicht und Stolz.

Joseph schaute weg, seine Augen glänzten und sammelten Tränen.

«Hatte Bartosz mit dem Leid der Leute wirklich etwas zu tun gehabt?», fragte sich Joseph benommen.

Bei den Frauen, die auf der rechten Seite standen, kam Unruhe auf, einen Moment lang schien es, als wollten sie aufbegehren. Die Feldgrauen lachten, sie ergriffen ihre mit feinsten Verzierungen besetzten Waffen, die Sterne und Orden auf ihren Uniformen glänzten auf in der Sonne und dann schossen sie wahllos. An Bartosz vorbei.

Joseph schrie auf und die Gruft schrie mannigfach zurück.

Nachdem das Bild erloschen war, spürte Joseph einmal mehr die Kutte neben sich. Seine Hände fühlten sich stark und frei.

«Das musste ja kommen», sagte er.

Die Kutte nickte.

«Es ist brutal», stammelte Joseph, «und das war Ihre Absicht! Sie wollten mich schocken - weich kriegen! Ach - was seid ihr alle hinterlistig und brutal! Wahnsinnig seid ihr …!»

«Joseph! Joseph, wer ist hier wahnsinnig?»

«Ach, es ist ein Jammer…»

«Allerdings.»

VI

Obwohl Joseph sehr aufgewühlt war, sass er kerzen-
grade und ruhig auf seinem Lager. Er war davon ausgegangen, dass er mittlerweile doch hartgesotten genug geworden sei, dass ihn nichts mehr, aber auch gar nichts
mehr aus der Ruhe bringen könne. Dennoch gingen ihm
die Bilder nicht mehr aus dem Kopf und er fragte sich,
warum gerade er das hatte sehen müssen? Und warum
es keine Gespräche gegeben hatte.

«Möglich, ja ganz bestimmt, die Bilder waren defekt»,
flüsterte er. «Ganz klar, etwas konnte da nicht stimmen!
Die ganze Geschichte hätte sich unmöglich so zutragen
können, der Mönch, der üble, hat bestimmt versucht, mich
da ganz, ganz bös reinzulegen!»

Joseph war voll von Misstrauen und redete leise vor sich
hin: «Grossvater Bartosz - nein - unmöglich! Unmöglich!»

«Und zudem muss ich mich wirklich fragen, warum die
Leute keine Stimme hatten? Weil sie nicht hatten reden
dürfen?

Nichts ausplaudern? Wurden sie wie Spielfiguren hin und
her geschoben? Waren die Leute einfach da, willenlos?
Gerade so, wie man das zum Beispiel von mir erwartet?
Dann wäre das auch mein Schicksal. Und das wäre dann
auch mein schnelles Ende.»

«Bruder», flehte Joseph.

«Bruder, schauen Sie mich an, ich kann nicht mehr hören,
keinen Ton kann ich mehr hören! Kann nur noch sehen,
sehen kann ich...»

«Bruder, kommen Sie schnell - ich fürchte, ich bin nicht
mehr einer von den Lebenden...»

«Du hast daneben gegriffen, Joseph», mahnte die Kutte ärgerlich. «Hast deinen Grossvater gesehen und das hättest Du nicht tun dürfen! Du darfst dich nicht einfach so in fremde Leben einsehen.»

«Fremde Leben, Joseph», sagte die Kutte weiter, «fremde Leben gehen dich nichts an, überhaupt nichts. Weder die gelebten, weder die noch nicht zu Ende gelebten! Das ist ein Gesetz und das gilt nicht nur bei uns, so ist es überall. Nicht nur bei den Lebenden, nein, ganz speziell auch hier bei uns.»

«Verstanden?»

«Ist mir egal - gesehen ist gesehen!», entgegnete Joseph gereizt.

Joseph hätte nie und nimmer gedacht, dass ihn die Bilder bis ins Innerste treffen könnten. Am schlimmsten traf ihn aber, dass keiner herbei eilte, um ihm zuzureden, damit er wenigstens die Geschichte um Bartosz hätte verdauen können. Nicht einmal die Kutte. Oder sonst wer.

Nur Vorwürfe gibt es hier, nur Vorwürfe...
Vielleicht fühlte sich Joseph so verzweifelt allein gelassen, weil die Bilder verschwanden, ohne ihm etwas zu sagen. Sie liessen ihn einfach sitzen. Schliesslich hörte er die innere Stimme wieder, die ihn fragte, ob das womöglich eine gerechte Strafe sei für über Jahre geleistete Untaten. Joseph hörte sie wohl, aber er bemühte sich, die Stimme nicht zu beachten.
Schliesslich richtete er sich auf und sagte, dass es jedermann hören konnte: «Tatsächlich! Tatsächlich! Wie komme ich dazu, die Schuld nur bei mir zu suchen? Die andern hatten schliesslich auch gemacht!»

«Möchte nicht wissen, was hinter meinem Rücken so alles ausgeheckt wurde in meinem langen Leben. Immer darauf bedacht, mir ein Bein zu stellen! Wenn ich da an

Prowice, Valoje, Ciliovic denke! Pah, ich bin überzeugt, da ist mir allerlei untergeschoben worden. Arglistig! Und was macht man hier? Hier zeigt man mir nicht das Grosse, Wichtige, das ich in die Welt gesetzt habe, hier zeigt man mir die kleinen Unzulänglichkeiten. Und diejenigen von Bartosz obendrauf. Und die Brut hier unten lacht sich kaputt!»

«Hallo - ist da jemand...?»

«Bruder!»

«Haben Sie mich nicht hören können? Oder wollen Sie mich nicht hören? Was ist los, warum sagen Sie nichts? Warum lassen Sie mich im Stich?»

Joseph dachte nicht daran, weiter über die Dinge zu reden, er verspürte ganz einfach Lust, mit der Kutte zu streiten.

«Bruder», rief er, «heute ist etwas anders als sonst, heute ist etwas ganz, ganz anders...»

«Ich! Ich bin nicht alleine hier! Ich spüre es ganz deutlich! Ich bin nicht alleine hier in der Gruft, es gibt noch andere! Mehrere! Sagen Sie schnell, bin ich am Ende einer unter vielen Akteuren?»

Die Fragen waren nicht einmal erfunden, Joseph glaubte tatsächlich, dass mehrere schwarze Kutten ihr Wesen trieben, dass mehr als nur eine schwarze Gestalt in den Gängen wandelte, dass man sich um ihn wohl auch bemühte, aber eben nur auch. Und, wenn er sich nicht täuschte - und dessen war er sich beinahe sicher - dass sich die Mönche auch in ihn hinein fühlen konnten. In die andern natürlich auch.

Deutlich erkannte Joseph, wie weite Ärmel wehten, wie sich Kapuzen aufsetzten, wie Worte geflüstert, wie an ihm vorbei gehuscht wurde. Und am Ende erschrak er, als er glaubte, jetzt auch noch das Zeitgefühl verloren zu haben.

Endlich nahm ihn das gütige Vergessen zu sich. Es dauerte unglaublich lange, bis der Bruder Erbarmen mit ihm hatte und ihm leise über die Stirn strich und ihn ermahnte, doch endlich die Augen aufzuschlagen.

Joseph wollte nicht auf ihn hören, er befand sich in einem tiefen, in einem tiefen friedlichen Raum, ohne Zeit und ohne Erinnerung. Erst als ihn tausend Hände schüttelten, ihn durch die Luft wirbelten, ihn auf den nackten Fussboden setzten, ihn wieder hoch trugen und ihn zurück auf sein Lager setzten, kam zu sich.

«Grosser Meister!», sagte er verwirrt, als er die Umrisse der Kutte deutlich zu erkennen glaubte. «Ich habe gedacht, Sie sässen dort hinten bei der Biegung und machten sich an der grossen Furche zu schaffen. Denken Sie, dass das alles noch gut kommt mit mir?»

Die Kutte antwortete noch immer nicht und so fragte er: «Hören Sie mir eine Weile zu, Bruder? Ich möchte Sie nämlich etwas fragen. Ich frage Sie, ob es nicht möglich wäre, Dies und Das ungeschehen zu machen? Ungeschehen, damit mein Leiden hier in diesem Verlies ein gutes Ende nehmen könnte…?»

«Warum antworten Sie nicht?»

«Sie - Sie eingebildeter Blödmann!»

Einmal mehr blieb Joseph nichts anderes übrig, als zu warten. Die Warterei schien ihm eine Ewigkeit und die Hoffnung, überhaupt noch eine Antwort zu bekommen, schwand dahin. Er war genötigt, sich etwas einfallen zu lassen, die Sache musste ins Rollen kommen!

Also holte Joseph zum Schlag aus und rief verzweifelt: «Nein, nein, grosser Meister, so war das nicht gemeint! Grosser Meister, nein, verlassen Sie mich nicht!»

Dann sah er sie kommen, die Gestalt in der schwarzen Robe und der tiefsitzenden Kapuze, sie schien ihm grösser und mächtiger als zuvor. Bestimmt war sie aus ihrem Versteck gekrochen, oder aus der Gruft im hinteren Teil, wo keiner hinsehen konnte, ging es ihm durch den Kopf. Oder kam sie aus jener Furche mit den dünnen weissen Streifen?

«Gottseidank sind Sie da», sagte Josef, «ich dachte schon, Sie hätten mich allein gelassen. Mein lieber Bruder, ich hätte mich zurückhalten sollen. Wenn Sie in meiner Lage wären - überlegen Sie sich das einmal - dann könnten Sie sich auch nicht anfreunden mit dem Schummrigen, Stinkigen. Könnten Sie sich etwa anfreunden mit einem Dasein in diesem Kerker?»

«Schliessen wir Frieden, Bruder?»

«Ich würde meinen, dass Sie mir etwas entgegen kommen sollten. In Sachen Verstehen meine ich. Das hier ist reinstes wirres Teufelszeug - es ist doch nicht normal, dass mich das, was ich in den Falten sehe, gerade jetzt und gerade so sehr erschüttert.»

«Oder etwa doch?»

«Und dann wäre da noch etwas, Sie sind doch ein Mönch, nicht wahr?», rief Joseph, «und Sie, Sie sind gehalten, unsereins zu helfen, uns zu unterstützen und zu führen, nicht wahr?»

«Kann man so sehen...», antwortete die Kutte.

Der vermeintliche Schatten kam näher und drehte sich an Joseph's Ohr. Dann sagte er ganz leise: «Mein lieber Joseph, mein lieber Joseph, ich kann dir das nicht sagen. Es ist so - es ist so - wie es ist...»

«Sie sind mir eine schöne Hilfe,» spottete Joseph und zeigte sich zerknirscht.

«Ich sehe, Sie wissen es auch nicht,» sagte Joseph nach einer Weile.

Da hörte er die Kutte erneut an seinem Ohr: «Joseph - nimm sie, deine Hände...»

«Nein - habe keinen Bedarf.»

«Grosser Meister - wissen Sie was - verschwinden Sie einfach. Ich kann und ich will Sie nicht mehr sehen. Ich denke, wegen Ihnen bin ich überhaupt hier. Sie haben mich angelockt, Sie haben mich geholt, Sie haben mir das eingebrockt - und ich soll das jetzt ausfressen? Ich, der grosse, der grosse Joseph?»

Und nach kurzem Nachdenken ergänzte er leise: «Jedenfalls war das mal so.»

«Joseph... Joseph... Joseph...», hallte es durch die Gänge.

Joseph war bitter enttäuscht, als er sah, dass sich die Kutte nicht beeindrucken liess. Sie hatte sich leise zurückgezogen und schaute dem Joseph zu. Wie er resignierte und wie er sich schliesslich in seinem Seelenschmerz erlabte. Und dann, und dann - wartete sie.

Langsam nickte Joseph weg.

Als sich die innere Stimme wieder sanft bemerkbar machte, kam Joseph zu sich. Ganz deutlich hörte er sie:

«Joseph - Joseph - es hatte Tote gegeben, damals. Du weisst das.»

Mit einem Schlage war er wach und schaute sich um.

«Willst Du die Bilder anschauen?»

«Nein!

Die Kutte bemerkte wohl, dass Joseph unruhig war und sagte leise: «Du kannst nichts vergessen machen, mein lieber Joseph, das gelebte Leben ist gelebt, schau es dir nur einfach an...»

«Weiter haben Sie nichts zu sagen?»

«Joseph, Du kennst sie, die Verletzungen im Innersten, an den Seelen, die Verletzungen, die man am liebsten verdrängen würde. Ja, sie sind grässlich. Und man darf sie nicht unterschätzen, sie sind raffiniert, mal rutschen sie unter die Haut, mal dängen sie sich auf, sie tun das, bis man von ihnen redet. Und zwar nicht nur drum herum. Und Tote sind eben Tote, selbst wenn die Tötung aus einem Versehen geschehen ist.»

«Bla Bla Bla - reden Sie nur, Sie komische Eminenz, aber denken Sie daran - Sie wollen etwas von mir! Sie haben mich geholt. Ich kann mir erlauben, passiv zu sein, ich bin - so gesehen - Ihr ganz persönliches Opfer!»

«Im Übrigen will ich hier weg. Sie haben selbst gesagt, dass es ein gehöriges Stück Mut brauche, über das eigene Tun und Lassen nachzudenken, um es irgend einmal verstehen zu können. Und diesen Mut habe ich nicht. Das muss ich hier und jetzt eingestehen. Ich kann das nicht. Und schliesslich bin ich der Joseph und dabei bleibt's.»

«Haben Sie daran etwas auszusetzen? Ja? Ihre Theorie kommt bei mir nicht an, meine liebe Kutte. Bei allen Andern werden Sie Erfolg haben. Aber bei mir funktioniert das nicht.»

«So - und nun lassen Sie mich in Ruhe - führen Sie mich zurück zum Eingang. Dann machen Sie zumindest einmal in Ihrem Leben etwas Gutes.»

VII

Nachdem es Joseph gelungen war, die Kutte zu verscheuchen reizte es ihn, sich nochmals unbemerkt an die Falten zu machen, wenigstens in eine, in eine der ganz grossen. Schliesslich hatte er aus dem ersten Versuch kaum etwas lernen können und zweitens reizte es ihn, etwas Ungeheuerliches zu tun. Und drittens reizte es ihn ganz besonders, da sich das Verbotene anfühlte, wie im echten richtigen Leben.

«Typisch, ganz typisch für diesen Angeber!», flüsterte Joseph und lachte wie ein Schulbub. Noch immer schaute er zum engen Seitengang, wo er den Mönch hatte verschwinden sehen. Ganz leise, aber voller Schadenfreude jubelte er: «Ich habe ihn überwunden, den Mönch und mit ihm die gesamte Gesellschaft der Mönche, ich habe sie alle in die Flucht geschlagen! Dazu braucht es eben Männer mit Köpfchen und keine Weicheier!»

«Joseph, Du vergisst das Wichtigste», hörte er auf einmal eine Stimme, obwohl er nicht wusste, woher sie kam. Als sich der erspähte schwarze Buckel bewegte, den er doch in einer stockfinsteren Biegung vermutet hatte, wurde es ihm mulmig.

«Joseph, Du nimmst die Gruft nicht ernst», hörte er ganz deutlich, «und Du machst dich auch noch darüber lustig! Alles, was hier ist, ist echt, ist Wirklichkeit. Hier ist keine Zeit, hier ist auch kein Vergnügungspark - hier lebt das Leben. Ich verlange Achtung und Anstand! Ich denke, Du hast das noch nicht begriffen!»

«Schau dir unsere Kammern und Fluchten genau an, Joseph! Die Umrisse, die Unebenheiten, die Furchen, die Falten sind von Menschenleben geformt. Was Du hier siehst ist kein Märchenland, was Du hier siehst ist wahr.»

Der Mönch schien ganz in seinem Eifer aufgegangen zu sein und fuhr fort: «Ist dir noch nicht aufgefallen, wie wunderbar die Farben sind? Du findest neben tiefstem sattem Blau hell schimmernde kleine Diamanten, giftgrüne Punkte, feine Einstiche, erdfarbene weiche kleine Täler. Einzig die Erhebungen offenbaren einen reinen goldenen Glanz, wenn man genau hinschaut.»

Während die Worte leicht nachhallten, glaubte Joseph, der Buckel spreche von oben, aber die Kutte stand genau neben ihm.

«Ich wollte das nicht», sagte Joseph und gab sich zitternd und jammernd: «Ein armes Nichts bin ich, ein arme Nichts....»

«Ein armes Nichts...?»

«Ein armes Nichts...»

Joseph wollte sich nicht weiter darauf einlassen, er fühlte sich schliesslich in seiner Ehre verletzt. In seinem Innern bebte es und dann sagte er langsam und sehr beherrscht: «Meine liebe Kutte, ich denke, Sie sind manchmal etwas blöd. Ich denke, Sie wissen noch immer nicht, mit wem Sie es zu tun haben. Sie haben noch immer nicht begriffen, wer ich wirklich bin.»

Dann richtete sich Joseph auf und rief laut und deutlich: «Lieber Buckel, wir sind doch Kollegen, nicht wahr? Ich bin das arme Nichts und Sie, Sie sind der barmherzige Mönch in der schwarzen Kutte. So hätten Sie die Sache wohl gerne, nicht wahr? Ich, der Joseph, gebe mir alle Mühe, dass wir es gut haben zusammen, wir haben uns sogar etwas angefreundet. Aber, vergessen Sie niemals, wer vor Ihnen steht, sehr geehrte Kutte - vor Ihnen steht ein gewisser Joseph!»

Während Joseph mehrmals auf seine Brust zu deuten versuchte, spürte er, wie in ihm Hitze aufkam, wie er rot anlief und wie ein trotziges Hämmern seinen Leib aufwühlte. Joseph aber gab nicht auf.

«Das kann man mit mir nicht machen», rief er, so laut er nur konnte und versuchte mit aller Kraft aufzustehen. Genau in diesem Moment berührte seine Hand eine Rinne und wie von Sinnen stiess er seine Hände hinein in die mausgraue Erde.

Das Licht ...

«Wollen wir die Falte zusammen schauen?», fragte die Kutte.

«Nein! Was ich gesehen habe reicht mir....»

«Ich werde bei dir sein, Joseph. Und - Du weisst ja, es hat viele schöne Dinge gegeben auf Erden. Das solltest gerade Du wissen.»

«Diese schönen Dinge interessieren mich nicht!»

«Und einen Paten hast Du auch gehabt, der gut zu dir war, stimmt's?»

«Hör mir auf mit diesem gottverdammten Paten! Das war ein ganz jämmerlicher Kirchenbruder! Das fehlte mir gerade noch, wenn ich von ihm was zu sehen bekäme!»

Joseph schluckte einige Male leer, dann fuhr er fort: «Mein lieber Bruder - haben Sie überhaupt einen Namen? Auf jeden Fall sage ich Ihnen mal was: Hören Sie mir auf mit diesen Geschichten und lassen Sie mich endlich in Frieden, lassen Sie mich einfach in Ruhe.»

VIII

«Wo sind Sie, Bruder...?»

«Sind Sie schon wieder weg? Oder sind Sie doch hier?», fragte Joseph ins Leere.

Es tat sich nichts. Joseph wähnte sich alleine. Einmal mehr stieg in ihm ein fahles einsames Gefühl auf und er fragte sich, was er nun tun solle. Nochmals nach der Kutte rufen? Ins Gewölbe schauen und Ruhe bewahren oder sich mit diesen jämmerlichen Erdfalten beschäftigen?

Als er sich umsah, fiel ihm erneut auf, wie wunderschön die Gruft ausgestattet war. Man müsste das alles nur sehen, dachte er. Auch müsste man sich fragen, ob der ganze Firlefanz überhaupt wahr sein könne, ob im Erdreich wirklich die Wahrheit geschrieben sei. Liegt da drin tatsächlich mein Leben, dein Leben? Liegen in diesem Erdreich alle unsere Leben, früher oder später?

Die Kutte hatte Recht, dachte er, wenn ich genauer hinschaue, sehe ich die Falten, ihre grandiose Auslegung, die grosszügig angelegten Ornamente. Ist das hier der Eingang zur Ewigkeit?

Joseph überlegte hin und her. Vielleicht liegt der Eingang hinter diesen gefächerten Kulissen, dachte er. Gut möglich! Was ist mit diesem weissen Strich, der durch die halbe Decke geht? Mit den Quarzen dort drüben, die auf dunkler Palette glänzen? Mit dem rötlichen, dem etwas abgedunkelten Fleck? Oder mit den hellbraunen und den aschblauen Klecksen, die in tausend Strahlen auseinander laufen?

Es wäre schon gut, mehr darüber zu wissen.

«Kutte - ich höre Sie - sind Sie da?»

«Ich bin immer bei dir, Joseph.»

«Du bist ruhiger geworden, versöhnlicher.»

«Habe ich Recht?»

««Jaaa...»

«Rück dich zurecht, Josephchen, ich setze mich zu dir.»

«Ja, so ist es gut - lehne dich an mich...»

«Joseph», fing die Kutte an, «wie immer - Du darfst frei wählen.»

«Nein, nein, keine Bange! Ich halte dich fern von Kriegen und Katastrophen. Nur zu - wähle - Josephchen - wähle...»

Joseph hatte es nicht eilig. Wenn schon, dann wollte er die Falte sorgfältig aussuchen und sich erst dann entscheiden, wenn er ihren Verlauf für gut befunden hatte. Schliesslich zeigte er an eine Stelle, wo das Erdreich glatt und ruhig verlief. Etwas weiter nach hinten lockten ihn tiefschwarze Punkte, aber die wollte er nicht, obwohl er glaubte, der Kutte würde das sehr gefallen.

Dann beugte er sich und flüsterte: «Nein, meine liebe Kutte ohne Namen, nicht zu diesen schwarzen Punkten, die will ich nicht.»

«Ich denke aber, Du solltest dir die schwarzen Punkte ansehen. Was hält dich davon ab?»

«Was soll das? - Ansehen! Ansehen! Ansehen!»

«Denkst Du, Du könntest täuschen? Hier kann man nicht täuschen, Joseph. Hier geht das nicht. Es ist ganz einfach...»

«Ganz einfach… ganz einfach…», wiederholte Joseph und sagte: «Ehrlich gesagt, ich möchte mal was Schönes sehen. Und zwar etwas, das mich wirklich freut, was mich aufrichtet! Sollte doch möglich sein, oder etwa nicht?»

«Meine liebe Kutte, ich nehme an, Sie wissen, dass ich eine einfache Menschenseele bin. Sie verstehen, was ich meine? Ich komme aus dem einfachen Volk, bin mich nicht gewohnt, mit wohlgeborenen Leuten Händchen zu halten, den roten Teppich auszurollen oder gar mit Menschen zu spielen. Also habe ich doch was Schönes verdient, nicht wahr?»

Nach einer kleinen Pause flüsterte Joseph: «Ganz ehrlich, im Grunde bin ich eine einfache Menschenseele. Aber das Leben ist nicht immer so ganz einfach, manchmal ist es kompliziert, manchmal entscheidet man falsch und dann bereut man wieder…»

«Ihr Kutten, ihr findet das wohl höchst amüsant! Für euch ist es ein Leichtes, sich an unseren Erfahrungen zu vergnügen und uns daraus gemeine Stricke zu drehen!»

«Joseph, hier gibt es kein Gut und kein Böse. Es ist ganz einfach, es gibt nur das Gelebte.»

«Eben.»

IX

Als Joseph wieder zu denken anfing glaubte er, die Kutte sei nun endgültig verschwunden. Er fühlte sich wie ein Tausendsassa, er fühlte sich ausgeruht und - er fühlte sich im Einklang mit dem Leben. Das Gefühl des Lebens hielt zwar ein Weilchen an, aber so schnell es kam, so schnell ging es wieder vorbei. Sein Inneres bäumte sich auf, sein unbändiger Wille jedoch formierte sich erneut und liess ihn stark werden. Für Joseph gab es keinen Zweifel - er sah sich grossartig - er wollte es wissen. Und zwar alles - und zwar sofort und zwar ohne die Hände zu benutzen.

Das Licht ging an.

«Nein, nein», schrie Josef, als es sah, dass die bunten Lichter an der Kette mit den Girlanden funkelten. Ganz genau das will ich nicht sehen, das nicht...»

Tante Rosalia und Onkel Paul sassen gemütlich im Garten des Wirtshauses zum «Goldenen Engel» und genossen den schönen Tag. Es war die warme Sonne und das laue Lüftchen, das über das junge Gras strich, über die aufbrechenden Knospen und über die Triebe an den Gehölzen. Ein Junge kam daher mit blondem krausem Haar - er schien ausser Atem - der Schulranzen baumelte schräg an seinem Rücken.

Tante Rosalia zeigte sich wenig erfreut, als sie den Bengel kommen sah, Onkel Paul indes richtete seinen Blick demonstrativ auf die entgegengesetzte Seite. Dort huschte glücklicherweise gerade eben die junge Bedienung mit einem halbwegs leeren Tablett die drei Stufen hoch.

«Nun, wie war es in der Schule?», fragte die Tante.
«Komm, setz Dich zu uns, magst ein Eis?»

«Nö»

«Was möchtest Du dann?»

«Sag ich nicht, noch nicht...»

«Noch nicht? Onkel Paul und ich, wir bleiben nicht ewig hier. Also sag uns, was Du möchtest...»

«Dich, Tante Rosalia...»

Onkel Paul verkniff sich ein Lächeln, Tante Rosalia schaute erst verdutzt, dann liess sie ihren Blick zum Himmel schweifen.

«Es scheint mir, dass es unmöglich ist, eine richtige Antwort zu bekommen von dir. Onkel Paul, ist dieser Bub nicht unmöglich?»

«Ja, ist er. Verhalte dich anständig gegenüber deiner Tante, hörst Du, Du kleiner wilder Spross..!»

Endlich brachte die Bedienung die Schlachtplatte für zwei Personen. Das unmögliche Kind setzte sich den beiden gegenüber und schaute Onkel und Tante aufmerksam beim Kauen zu, schaute, wie sie die saftigsten Teile der armen Sau und die bescheidenen Zutaten mit Genuss verspeisten. Die Krone aus weissem Papier, die man in der Küche um den dominanten Knochen gelegt hatte, landete zwar etwas schräg, aber doch zur Freude von allen im Haar des nichtsnutzigen Schülers.

Schliesslich trank man schwarzen Kaffee, für Rosalia mit einer guten Portion Milch. Onkel Paul verlangte nach Hausgebranntem, die Tante öffnete den obersten Knopf ihrer seidenen Bluse, um mit dem Atmen besser zurecht zu kommen. Den Kuchen, da war man sich einig, den wollte man nach dem üppigen Mahl auf später verschieben.

«Kommst Du mit zur Konditorei?», fragte die Tante.

«Weiss noch nicht, kommt drauf an...»

Es ging nicht lange bis Onkel Paul an der warmen Sonne einnickte und leicht, dafür regelmässig vor sich hin döste. Tante Rosalia erhob sich und machte ein paar Schritte zum Geäst, das sich hinter den Gartenstühlen ineinander verzweigt hatte und als Ganzes eine Art Abschirmung bildete. Auch der Bub stand auf, langsam, leise, um Onkel Paul ja nicht aufzuwecken. Seinen Schulranzen schob er vorsichtig und sehr genau vor Onkel Pauls Füsse. Als Stolperstein.

Das Gesicht des Buben hatte erst ein leichtes helles Rosa angenommen, dann wurde es feuerrot. Als sich Tante Rosalia umdrehte erschrak sie ob dem erregten Jungen, dann stolperte sie an den wilden Wurzeln und endlich fiel sie der Länge nach hin. Auf den Rücken.

Der Schüler keuchte und versuchte mehrere Male auf seine Tante zu knien. Als er sah, dass das nichts brachte, legte er seine angewinkelten Beine seitlich hin und drückte ihren Bauch in Rucken zur Mitte. Nachdem er sich endlich hatte über sie beugen können sagte er leise: «Siehst Du, Tante Rosalia, siehst Du, ich bekomme das, was ich will. Auch dich. Ich öffne jetzt die Knöpfe an deiner Bluse - ich will deine Brüste sehen, und ich will sie anfassen. Und nicht nur ganz kurz, nein, eine ganze Weile. Und Du bleibst dabei ruhig, verstehst Du, vollkommen ruhig...»

Nachdem er zum Beweis seine kleine Hand auf den offenen Mund der kreideweissen Tante gepresst hatte, sagte er: «Pass auf Tantchen, Du sagst keinem was davon, kein Wörtchen, sonst kommt es noch schlimmer für dich, dann komme ich wieder und...»

Die Bilder verblassten.

Zum Glück bin ich gerade alleine hier, dachte Joseph, sonst käme ich in Bedrängnis. Die blöde Kutte würde mich in die Zange nehmen, mich ausquetschen, mich dumm und blöd ausfragen! Dumm und blöd würde sie mich ausfragen! Ich hätte mich Durchlügen müssen, Durchlügen!

«Ich habe grosses Glück gehabt, ganz grosses Glück!», sagte Joseph leise, sehr leise. «Meine Erregungen gehören mir und nur mir. Auch meine Gelüste, meine Fantasien. Selbst meine Vorlieben gehen keinen was an, nicht einmal die braven Mönche.»

Ich weiss, warum ich mich vor dem «Goldene Engel» gefürchtet habe, dachte Joseph. Ja - nicht umsonst habe ich mich vor dem beschissenen Engel gefürchtet! Ich weiss genau, was ich gemacht habe. Bei Gelegenheit könnte das eine brisante Geschichte werden, zumindest für die Braven und Anständigen. Wenn ich daran denke, dass die sogenannten Anständigen gerade an solchen Geschichten den grössten Gefallen finden. Im Versteckten natürlich. Wer weiss, vielleicht gibt es hier bei uns eine ganze Menge von ihnen, von den Braven und Anständigen...

Ach, es ist zum Vergessen.

X

Joseph sass ruhig da, obwohl ihm alles Mögliche, wie in einem wilden Rausche, durch den Kopf ging.

Letzten Endes reizte es ihn, selbst einmal eine Kutte zu sein, er stellte sich vor, wie er die Leute bei ihren Namen nennen könnte, wie er wandelte in den Fluchten, Befehle erteilte, wie er in der Lage wäre, zu bestimmen, was man sehen dürfe und was nicht.

Gnade? Nein, ganz bestimmt nicht! Die Burschen wären sowieso nicht schuldlos. Und die Mädchen? Man müsste sie einschüchtern und dressieren, wie die netten Tierchen in einem Zirkus. Es würde nicht lange dauern und die Jugend wäre nach meinen Vorstellungen getrimmt. Ganz bestimmt wäre sie das, und zwar ganz, ganz schnell.

Die groben Fantasien hatten Joseph bald einmal ermüdet und so verfiel er in einen schier unheimlichen tiefen Schlaf. Als er wieder zu sich kam, empfand er grosse Lust, sich auf seinem Lager wie ein ungeborener Bub einzurollen. Bei Gott, dachte er, das wäre was, eine Reise zurück zu meinen eigenen Anfängen! Niemals würde ihm das die Kutte erlauben, niemals. Die Sturheit hier unten ist unmöglich, ja beinahe unerträglich und durch nichts zu überbieten! Und das Einrollen, selbst wenn es denn überhaupt ginge, würde vermutlich als groben Verrat angesehen.

Die Gedanken liessen Joseph nicht mehr los. Es wäre bestimmt das einfachste, überlegte er, neu anzufangen, und zwar ganz von vorne. Ja, nochmals anfangen, wo auch immer, mit altem Wissen Neues beginnen. Irgendwo. Irgendwann. Müsste das einem wie mir nicht ungefragt angeboten werden?

Neu anfangen? Ist mein Leben denn so schlecht gewesen, fragte sich Joseph. Bin ich nicht auch ein Glückspilz gewesen? Meistens jedenfalls. Und zudem hat mir das Leben, über alles gesehen, nicht auch viel Schönes gebracht?

Mitten in diesem Grübeln spürte Joseph einen fremden Willen, der ihn in Ereignisse tauchte, die in seinem innersten Leben spielten. Ruhig liefen die Szenen ab, die für ihn so unbedeutend waren, dass er sie schon längst für vergessen hielt.

«Altes Zeug aufwärmen, darin sind sie gut, die Brüder!», flüsterte er und somit war die Sache für ihn erledigt.

Dann schien sich das Blatt zu wenden. Als Joseph gelassen versuchte, den Kopf hängen zu lassen, besann er sich, setzte sich gerade hin und verkündete voller Stolz: «Ich bin der Joseph, ich werde immer und ewig euer Joseph sein!»

Das Aufbäumen hielt zwar nicht lange an und doch zeigte sich Joseph voller Zufriedenheit. Er fühlte sich erhaben, er bewunderte sich, obwohl er sich manchmal doch eher für etwas oberflächlich hielt. Wahrscheinlich auch für teilnahmslos und in vielen Dingen desinteressiert. Und manchmal eben auch etwas zu stolz. Komischerweise erfüllten ihn jene Augenblicke, in welchen man ihm tiefste Verachtung zeigte, auf eine ganz besondere, äusserst angenehme Art. Langsam verschwanden die Gedanken wieder und Joseph nickte ein.

Ganz plötzlich erschien ihm die Kutte. Joseph erschrak heftig und sein Innerstes auch.

Bestimmt, ganz bestimmt, dachte er, ihre Eminenz wusste schon immer Bescheid über mich, Bescheid über alles. Und nun schwebt ihr Wissen wie eine Kloake über mir. Mal lautstark, mal unhörbar. Die Kutte vergisst nichts. Sie nimmt alles auf, zeichnet jede Mine nach, jedes leere

Schlucken, jede Bewegung, selbst das Zucken in meinen Augen.

Im Grunde ist das eine verdammte Sauerei!

XI

Die Kutte hatte sich leise neben ihn gesetzt und dann fing sie an: «Du bist ja noch gar nicht richtig bei uns, Joseph»

«Was ist denn los...?»

«Habe ich etwas Verbotenes gemacht?», kreischte Joseph und wollte mit den Armen fuchteln.

Davon liess sich die Kutte nicht beeindrucken, sie redete im vollen Ernst und mit glasklarer Stimme: «Ich will es dir nochmals sagen, Joseph. Alle, alle sind sie hier, die jemals gelebt haben, alle, alle haben sie in ihrem Leben gekämpft, sich durchgeschlagen, abgemüht, Freude geteilt, Leiden ertragen, Hoffnungen, Ungerechtigkeiten, Liebschaften. Und alle, alle haben sie nach ihrer ganz bestimmten Art und Weise gelebt.»

«Joseph! Schau dir die Leben an! In Ehrfurcht. Manchmal hinterlassen sie wunderbare feine zarte Furchen, kaum sichtbare, manchmal tiefe schwere mit festen Beulen. Das Erdreich nimmt alles auf, das Erdreich vergisst nichts.»

Joseph versuchte, den Kopf zu schütteln und die Kutte nickte.

Bevor sie sich davon machte, drehte sie sich nochmals, hob einen Ärmel und sagte: «Hör mir gut zu, Joseph, ist es nicht fantastisch zu sehen, wie das Leben lebt, wie es immerfort lebt? Wie das Leben irrt, wie das Leben liebt, wie sich das Leben an der Natur versündigt, auseinander bricht, sich wiederfindet? Wie das Leben immer wieder neu erblüht?»

«Mein lieber Gott - ich dachte gerade, ich sei in einem Irrenhaus!», antwortete Joseph und drehte sich auf seinem Lager unruhig hin und her.

«Meine liebe Kutte, erst habe ich gedacht, hier unten lägen Ihre ganz persönlichen Fantastereien. Und das Öffnen der Falten diene mehr oder weniger allein Ihrer Unterhaltung...»

Dann passierte es! Wie aus dem Nichts!

Der rechte Arm der Kutte musste sich an der Gruft verfangen haben.

Das Licht ging an.

Joseph schaute weg.

«Welch eine Last...», klagte Joseph leise.

«Wie kann mir der Bruder nur sowas antun. Wie kann er nur...»

Das Licht ging aus, das Bild verschwand. Die Kutte auch.

Nun hatte Joseph verstanden, dass es auch der Kutte nicht immer möglich war, mit den gelebten Leben zu hantieren.

«Mein lieber Bruder, ich muss Sie einfach fragen», rief Joseph in die Leere, «wer gibt Ihnen das Recht, mich hier gefangen zu halten und mir Vorwürfe zu machen? Wer gibt Ihnen das Recht dazu? Man hätte mich doch einfach gehen lassen können! Das wäre für uns beide besser gewesen!»

«Ich sehe, lieber Bruder, Sie denken ja selbst, das bringe nichts bei mir, bei mir sei sowieso alles verloren. Also hätten Sie sich keinen Verlust eingefahren. Ich bitte Sie, überlegen Sie sich das. Noch ist es nicht zu spät. Stellen Sie mich einfach zurück auf die hölzerne Brücke...»

Wie aus einer höheren Sphäre klang eine Stimme, die Joseph fast erschlug: «Es gibt Dinge zwischen Himmel und Erde, die Du nicht verstehst, Joseph. Dabei ist alles ganz einfach...»

XII

Vielleicht sollte ich die ganz Sache noch etwas anders sehen, aus einer etwas andern Sichtweise, dachte Joseph.

«Kutte! Wo sind Sie?»

«Joseph?»

«Macht es Ihnen etwas aus, wenn Sie sich eine Weile zu mir setzen?»

«Ich - ich habe mich gerade entschlossen, die Falte mit den schwarzen Punkten anzuschauen. Es könnte doch sein, dass ich froh wäre, wenn jemand bei mir sässe. Es könnte sein, dass sich die Dinge nicht so sehr angenehm zeigen. Oder so. Ich weiss es nicht. Nein, ich weiss es wirklich nicht...»

Die Kutte zögerte erst, dann setzte sie sich zu ihm. Wieder öffnete sie in einem weiten Bogen ihren Ärmel und wieder nahm sie Joseph schützend zu sich. Dann warteten sie.

Joseph war aufs Schlimmste gefasst. Erst horchte er angestrengt in alle Richtungen, dann glaubte er, Nebelschwaden zu erkennen und schliesslich sah er die ersten Punkte kommen.

Energie durchdrang seinen Körper, sie strömte mit Gewalt durch ihn hindurch und die Kutte sah, wie sich Joseph aufrichtete und wie ihn die Energie alsbald zwang, zu den Punkten zu starren.

Erst hüpften sie aufgeregt hin und her, die kleineren lösten sich auf, die grösseren wuchsen heran, die Punkte führten Tänze auf, bis auch sie sich wieder verflüchtigten. Wenige blieben regungslos.

Es schien Joseph fast etwas unheimlich. Als sich einer der toten Punkte blähte und sich daraus ein beleibter Geschäftsmann mit Aktenkoffer erhob und sich im Bild festsetzte, ahnte Joseph, was da auf ihn zukommen könnte.

Es war immerhin mitten in Praye. Die mit allerlei Grünzeug bepflanzte Strasse war belebt, Joseph sah sich selbst flanieren unter den Bäumen, an welchen das junge Laub in der Frühlingssonne glänzte.

«Welch eine Wohltat», rief Joseph erleichtert. Noch während er sprach, drehte er den Kopf ein klein wenig zur Biegung, um zu sehen, ob sich da schon etwas getan hatte.

«Lieber Gott, sei mir gnädig…», glitt es über seine Lippen, dann schaute er blitzschnell hoch und bemühte sich um einen guten Eindruck.

«Welch eine Wohltat - hören Sie mich, Exzellenz? Sind Sie noch da?»

«Schauen Sie die Bilder an, schauen Sie sie an! Die gefallen mir! Die, die Bilder habe ich selbst gewählt - sehen Sie, wie die Blätter spielen im Wind, weit oben in den Kronen der Bäume? Ist das nicht herrlich?»

«Ha - jetzt sind Sie auf einmal ruhig! Das dachte ich mir doch!»

Jetzt, wo ich schöne Bilder habe, jetzt sind Sie einfach nicht mehr dabei!»

«Meine liebe Kutte - jetzt habe ich Sie erwischt, jetzt ist mir klar, Sie halten sich lieber im Dunkeln auf! Ihre Exzellenz mag die Finsternis, das Muffige, das Faule…», rief Joseph und lachte laut auf vor Schadenfreude.

«Faule… Faule… Faule…» hallte seine Stimme zurück.

Joseph schien das nicht zu beachten, er schrie weiter und versuchte, mit den Fäusten auf sein Lager zu hauen:

«Mein lieber Bruder, mein lieber Bruder, Ihr Häufchen Elend ist selbständig geworden! Ihr Schützling braucht Ihre Zuwendungen nicht mehr.»

Den lieben Bruder schien das nicht zu beeindrucken, er sass regungslos neben seinem Schützling und liess ihn gewähren, Er wusste nur zu gut, dass er sich in einem Ausnahmezustand befand.

Jede Ausnahme geht einmal vorbei und schliesslich beruhigte sich Joseph. Auf einmal wurde es still um ihn, sehr still und sehr ruhig.

Nur einmal drehte er sich zur Kutte und schaute, ob sie noch immer bei ihm war. Ohne zu zögern lehnte Joseph den Kopf an den schwarzen Buckel.

Langsam wurde Joseph müde, und es wurde ihm bald leid, hinzuschauen. Die Punkte erschienen ihm plump, sie bewegten sich nur langsam, bald erschienen sie grösser, bald tauchten sie ab. Nur kurz setzten sie an zum Tanz, dann war der Tanz vorbei und als die Punkte zu den Fenstern drifteten und es schien, als würden sie an den Scheiben kleben, erschien das Joseph mindestens sehr merkwürdig.

Als Joseph wieder bei Sinnen war, bemerkte er, dass der aufwendig verzierte Bau aus den Anfangsjahren des vorigen Jahrhunderts stammen und sehr viel Geld gekostet haben musste. «Santa Maria» las er deutlich auf einem Schild und es war diese feine Schrift, die bei ihm einschlug, wie ein gewaltiger Dolchstoss.

Seine Augen zuckten und rasten und wurden glasig. Das Ganze schien ihm mehr und mehr kurios und sehr eigentümlich. Joseph dachte, das sei jetzt seine gerechte

Strafe und er würde das sowieso nicht mehr lange ertragen und das alles würde ihn bald einmal erlösen.

Wenn er nur nicht gedrängt gewesen wäre, aufrecht zu sitzen und auf die Bilder zu schauen.

Auf einmal wurde der Geschäftsmann mit dem Aktenkoffer lebendig.

XIII

«Bruder, Bruder, helfen Sie mir! - Schnell - ich kann mich nicht mehr bewegen - nicht einmal mehr meine Augen abwenden - helfen Sie mir, bitte!»

«Schalten Sie das Ding ab... ich bitte Sie!»

«Bruder...!»

Aber der Bruder tat nichts, die Kutte sass noch immer regungslos bei ihm. Einen Moment lang schien ihm alles tot, nur der Geschäftsmann mit dem Aktenkoffer war mit Leben gefüllt.

«Ich verlange, dass Sie das Ding sofort ausschalten!»

«Hören Sie mir gut zu!», schrie Joseph wütend und als er sah, dass sich nichts tat, rief er voller Zorn: «Ich will das nicht.»

Es musste eine ganz Weile vergehen, bis Joseph sich erneut meldete und sagte: «Also gut - Exzellenz - ich lasse mit mir reden. Wenn Sie so unbedingt darauf beharren - ich sage Ihnen, wie es war. Der Wiktor hat mich betrogen - mehrmals! Wiktor war mein Pate, er hat mich betrogen, wo er nur konnte, und zwar auf eine sehr fiese Art! Hat hinten herum Belege zurück behalten, Unterschriften gefälscht, er wollte an das schnelle Geld.»

«Ja, genau! Jetzt kommt mir alles wieder in den Sinn...»

«Und darum, genau darum können Sie die Teufelsmaschine ausschalten. Hören Sie doch endlich...!»

«Was macht der denn da...?», rief Joseph ausser sich, als er sah, wie der Geschäftsmann mit dem Aktenkoffer durch das Fenster mit den schwarzen Punkten stieg. Die schwarzen Punkte folgten dem Aktenkoffer, sie hatten sich von den Scheiben gelöst, kreisten dem Aktenkoffer hinterher, hafteten sich an und verschwanden zusammen mit ihm.

«Was hat das mit den schwarzen Punkten auf sich?», fragte die Kutte.

«Exzellenz, die sind nicht auf meinem Mist gewachsen...»

«Nein?», hörte Joseph sanft an seinem Ohr.

«Es gibt gewisse, salopp gesagt, Produkte ohne Identität, die können jemanden verwirren, zersetzen und sogar umbringen. Das solltest Du doch wissen...», sagte die Kutte.

Auf einmal hörte Joseph seine innere Stimme, die sehr deutlich und klar sagte: «Joseph - warst Du ohne Schuld? Wenn ich mich recht besinne warst Du in diesem Geschäft einer der ganz grossen, wenn nicht gar die Hauptfigur.»

«Nun, mein lieber Joseph, meldete sich die Kutte erneut: «schauen wir wieder den Punkten zu. Du solltest wissen, was jetzt kommt.»

«Nein! So genau weiss ich es nun auch wieder nicht...»

Der Ärmel der Kutte berührte die Falte um ein weiteres Stück und so kam erneut Bewegung auf und Joseph sah direkt hinein in den hell ausgeleuchteten kühlen schmucklosen Raum.

Auf den beiden Esstischen, die weit auseinander lagen, standen religiöse Bilder in goldenen Rahmen und Kreuze und kleine Blumensträusse aus verblichenem Kunststoff. Zerstreut im Raum befanden sich hellbraune, mit Kunstleder bezogene Stühle, einige mit Armlehnen, auf einem Liegebett schichteten sich haufenweise Aktenbündel. In

einer Ecke entdeckte Joseph den Mann mit dem Aktenkoffer, der ihm sehr gross erschien. Allerdings zeigte er
sich abwesend, es war, als würde er gebannt hinaus auf
die Strasse schauen. Joseph unterdrückte einen Schrei.
Um keinen Preis wollte er der Kutte verraten, dass er seinen Paten erkannt hatte.

Es ging nicht lange, da öffnete sich die Tür und zwei
Frauen kamen herein. Beide waren schwanger, hoch-
schwanger. Der Mann mit dem Aktenkoffer stand auf,
ging auf die beiden zu und streckte ihnen die Hand entgegen. Er lächelte, die Frauen auch.

Das blutjunge Mädchen, das ausschaute, wie eine Bau-
erntochter von weit ab, setzte sich, wie angewiesen, an
einen der Tische, die um einige Jahre ältere - vermutlich
schon Mutter - an den andern. Mit seinen langen Armen
rückte ihnen der Mann mit dem Aktenkoffer die Stühle zurecht und schob langsam und sehr genau Papier und
Schreiber in Griffnähe.

Joseph konnte nicht verstehen, was geredet wurde, für
sein Empfinden verlief alles ausgesprochen ruhig und zu
sehen gab es auch nicht gerade viel.

Das änderte sich auf einmal. Wie durch eine Klarsicht-
linse hindurch konnte Joseph die unterdrückten Tränen
sehen, die Qualen in den Seelen, die Hilflosigkeit, die er-
starrten Herzen, die Zerrissenheit.

Joseph versuchte erst, sich wegzudrehen, als die Ältere
in einem Ruck den Schreiber packte und etwas auf das
Stück Papier schrieb. Dann stand sie auf, der Mann fasste
sie am Arm, schob einen Umschlag auf den Tisch, gab ihr
die Hand und die Frau verschwand aus dem Blickfeld. Die
Sache schien erledigt.

Die Sache beim blutjungen Mädchen verlief anders. Es zitterte am ganzen Leib, ihre meerblauen Augen leuchteten verschwommen. Der Mann mit dem Aktenkoffer schien die Geduld zu verlieren, ihretwegen legte er sogar den Koffer aus der Hand. Dann zerrte und drängte er sie zum aufrechten Sitzen, während das junge Ding mit aller Kraft versuchte, sich mit angezogenen Beinen auf den Fussboden zu legen. In den Ruhephasen fasste sie sich und lächelte verlegen, während der Mann versuchte, ihr den Schreiber in die Hand zu drücken. Nach mehreren erfolglosen Versuchen gelang es ihm, ihr das Stück Papier, auf eine feste Unterlage geklemmt, vors Gesicht zu halten und schliesslich kritzelte das arme Kind Buchstaben in das dafür vorgesehene Feld.

Also rannte der Mann zur Türe, schrie etwas und augenblicklich erschienen zwei weisse Hauben. Der Mann zückte seinen Aktenkoffer und schob den Umschlag wieder hinein.

Dann löschte das Licht.

«Sehen wir weiter», sagte die Kutte kühl. «sehen wir weiter...»

«Was gibt es da noch zu sehen?», antwortete Joseph trotzig.

«Da gibt es nichts zu sehen, wüsste nicht, was es da noch zu sehen gäbe!»

«Nein?», fragte die Kutte.

«Nein, da war weiter nichts!»

«Hören Sie! Falls es Ihnen noch nicht aufgefallen ist, ich war nicht dabei, ich war überhaupt nicht dabei, ich war weit und breit nicht zu sehen.»

«Wo warst Du denn, Joseph?» fragte die Kutte.

«Ich schlage vor - lass uns nochmals reinschauen.»

«Nein! Nein! Nein!»

Joseph's Schreien liess das Gewölbe erzittern, die Wände blähten sich, die Spalte bekam Risse und Joseph fand sich auf dem Gehsteig wieder, an seinem Lieblingsplatz unter der «Santa Maria».

Genau dort sah er sich stehen, aufrecht und aufmerksam. Einen kurzen Augenblick war er froh, in der Menge bedeutungslos zu sein, die Leute, die gerade Feierabend hatten, eilten an ihm vorbei.

Mit schnellen Schritten und hoch erhobenem Kopf tauchte der Mann mit dem Koffer auf. Er kam aus der Biegung, die vom hinteren Teil des Hauses kam und man hätte ihm glatt glauben können, dass er nicht zum Kreise der Kriminellen gehörte.

Als er Joseph sah, hielt er erst auf Distanz, dann holte er zu einem tiefen Bückling aus. Joseph sah auf den Koffer und sagte leise: «Du wirst es nie schaffen...» Dabei lächelte er sanft. Der Mann mit dem Aktenkoffer wurde blass.

Eine gute Viertelstunde später erschien die Polizei, dann traf der Notarzt ein mit den Sanitätern und noch etwas später fuhr der diskrete schwarze Wagen auf mit den Vorhängen aus weissem Tüll.

XIV

Joseph hockte lange allein auf seinem Lager. Bewegungslos. Eine lange, eine sehr lange Zeit. Er redete nicht, er fragte nicht, er begehrte nicht auf, mitten in ihm herrschte ein heilloses Durcheinander.

Als er sich gefasst hatte, brummte er unverständliches Zeug vor sich hin und schliesslich fragte er sich, womit er diese Falte überhaupt verdient habe. Schliesslich hatte sich damals alles im Verborgenen abgespielt. Er hielt es nicht für möglich, dass diese Vorfälle jemals an die grosse Glocke gehängt werden würde. Unglaublich, was den Burschen alles in den Sinn kommt! Mir, ausgerechnet mir diese Szenen unterzujubeln, das ist der Gipfel! Meine geheimsten Geheimnisse einfach auszuplaudern, der Gipfel ist das, der Gipfel ist das!

Die Falte mit den beiden Frauen und dem toten Paten hatte ihn buchstäblich überrumpelt. Joseph fühlte sich verraten und verkauft. Er wollte auch keine Falten mehr sehen und seine privaten Dinge für alle Zeiten unter Verschluss halten. Das schien ihm das Beste für die Zukunft.

Zu allem Elend fühlte sich Joseph nackt, wie wenn ihm jemand die Kleider vom Leib gerissen hätte, auch fühlte er sich matt und erstarrt. Am meisten traf ihn die Vorstellung, dass alle alles sehen konnten, dass nichts verborgen blieb und dass sich jedermann, jede Dahergelaufene, sich irgendeinmal und irgendwann beliebige Gedanken zu den Ereignissen machen konnte. Das war es, was ihn fast verrückt machte. Wie war das noch mit «Nichts anschauen von Andern?» Denkste! Nichts ist hier geheim - nichts findet im Verborgenen statt.

Wie ist das alles grausam!

«Am besten ist», sagte er leise, «wenn ich das, was mir nicht passt, aus meiner Vergangenheit streiche, wenn ich es einfach ignoriere. So, als wäre nichts geschehen. Schliesslich ist es mein Leben. Und mit meinem Leben kann ich tun und lassen, was ich will.»

Joseph versuchte, sich eine Strategie zurecht zu legen und so flüsterte er weiter: «Nur kein Aufhebens machen, keine Fragen stellen, sich so geben, wie man schon immer gewesen ist. Wenn ich zurück denke, dann ist mein Leben in bester Ordnung! Nur hier, in dieser verdammten Gruft und bei diesen von Grössenwahn getriebenen Patres soll auf einmal nichts mehr gut sein.

«Und überhaupt, die Bande nervt mich, diese saudummen Kutten, dabei können Sie mir noch nicht einmal sagen, wo ich wirklich bin und wohin meine Reise geht», rief Joseph in die Finsternis.

Die Kutte hielt ihn eine Weile unter Beobachtung. Schliesslich setzte sie sich zu ihm und nahm ihn in die Arme. Joseph liess es gewähren.

Auf einmal sagte sie: «Deine Seele - Joseph - denk an deine Seele.»

Joseph gab sich unversöhnlich wie zuvor und rief: «Herrgott nochmal - was soll mit meiner Seele sein? Was kann meine Seele dafür, dass ich hier bin? Dass ich eingesperrt bin und schmoren muss zwischen diesen elenden Falten?»

«Deine Seele - Joseph - der Schlüssel liegt in deiner Seele...»

«Der Schlüssel liegt in deiner Seele, der Schlüssel liegt in deiner Seele...» plapperte Joseph und schnitt Grimassen.

«Und, wo ist meine Seele jetzt? Exzellenz, sagen Sie es mir, wo kann ich meine Seele finden?»

«Es gibt hier nur Seelen und die deinige ist eine davon…»

«Ja - was Du nicht sagst …»

«Exzellenz, wo gehen Sie hin, wo sind Sie…?»

«Ich werde verrückt! Wenn ich nur aufgegeben hätte! Sollen die Dinge doch laufen, wie sie wollen…»

Während Joseph versuchte, mit Händen und Füssen, wie ein vom Wahnsinn getriebener, auf sein Lager zu poltern, erzitterte die Gruft und wie aus heiterem Himmel öffnete sich die bläulich eingefärbte Spalte.

Joseph stockte der Atem.

«Nein, was kommt denn jetzt noch…?»

XV

Joseph fand sich wieder in einem Tanzpalast, irgendwo in der ländlichen Tiefebene. Das Mädchen? Etwas naiv vielleicht, hübsch herausgeputzt, vielleicht etwas zu brav, vielleicht aus steifem Elternhaus. War es das, was ihn für einen Augenblick reizte? Das Liebliche, Natürliche? Oder waren es die meerblauen Augen, die ihn umgarnten, die ihn verzauberten, die durch ihn hindurch bebten, sein Geschlecht lockten und bis hinunter zu den Zehenspitzen für Unruhe sorgten?

Was Joseph zu sehen bekam flösste ihm Angst ein. Er spürte sich ausser Kontrolle. Alles, was er in diesen Augenblicken gefühlt hatte, fühlte er noch einmal, fühlte, wie sein Leib in Panik geriet.

Die meerblauen Augen leuchteten noch immer, auch nachdem er das Mädchen in die Scheune gelockt hatte, als sie hoffte, dass er sie bald küssen möge. Sie verloren schnell von ihrem unwiderstehlichen Glanz und strahlten eiskalt, als er sie auf den Wagen fesselte, als er sie brutal erniedrigte.

Joseph spürte, wie er in der Falle sass. Es war ihm unmöglich, den Kopf zu drehen, die Augen zu verschliessen oder zu schreien. Joseph konnte nicht anders, er musste wie versteinert auf das Mädchen schauen und auf das, was er getan hatte.

Die Kutte war bei ihm und auch sie sah, wie Joseph die Jugend schändete, wieder und wieder, wie sich ihre Augen erst mit einer dumpfen Leere füllten und dann in den Hintergrund rückten. Und wie er sie danach erleichtert liegen liess und in die sternenklare Nacht rannte und sich befahl, das Geschehene totzuschweigen.

Die Flucht gelang ihm. Auch, wie er leicht bekleidet davon eilte und wie er beinahe mittellos auf der Landstrasse

stand, wo er in einen Transporter hatte einsteigen können, der ihn in eine wenig bekannte Gegend brachte.

Joseph tat sich schwer, die Kutte, die neben ihm kniete,
nahm ihn in die Arme und deckte ihn zu.

Als sich ihre schwarzen tiefschwarzen Ärmel leise öffne-
ten, gab es eine winzige Erschütterung und eine unmittel-
bar daneben gewachsene und allem Anschein nach un-
bedeutende Spalte öffnete sich.

Joseph sah die meerblauen Augen noch einmal.

Als er in seinem Wagen fuhr in Bremerhaven, wo er
Gleichgesinnte hatte sehen wollen und wo er von den töd-
lichen Schüssen getroffen wurde. Sie kamen aus ihrer
Hand. Erst sah er ihre meerblauen Augen leuchten, dann
sah er sie aufblitzten und erlösend glänzen. Im Bruchteil
einer Sekunde faszinierten sie Joseph noch einmal. Ihre
Augen leuchteten wunderschön und blau wie das unend-
liche Meer.

Impressum

Bibliografische Information der Deutschen
Nationalbibliothek: Die Deutsche
Nationalbibliothek verzeichnet diese Publikation
in der Deutschen Nationalbibliografie; detaillierte
bibliografische Daten sind im Internet über
dnb.dnb.de abrufbar.

© 2020 Ruth Stein
Herstellung und Verlag: BoD – Books on
Demand, Norderstedt
ISBN: 978-3-7528-6738-1